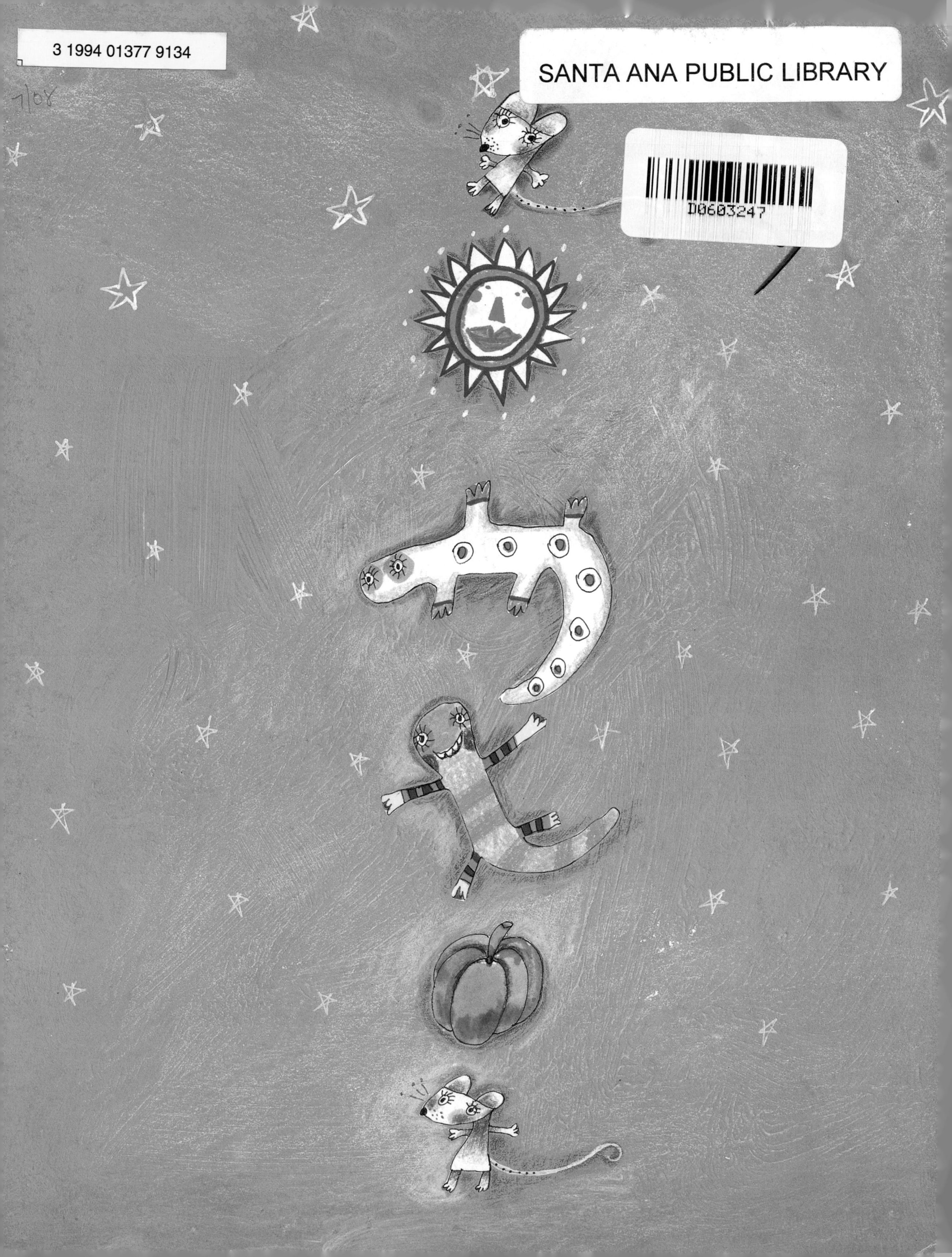

Perrault, Charles
    Cenicienta / Charles Perrault ; adaptado por Shim Sang Woo ; ilustrado por Jeong Ji-Ye.
    - 1a ed. - Buenos Aires : Unaluna, 2007.
    36 p. : il. ; 29x22 cm.

    Traducido por: Ana María Cabanellas

    ISBN 978-987-1296-31-6

    1. Narrativa Infantil Francesa. I. Sang Woo, Shim , adapt. II. Ji-Ye , Jeong, ilus.
       III. Cabanellas, Ana María, trad. IV. Título
    CDD 843.928 2

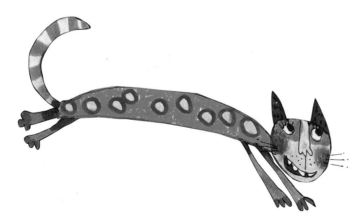

Título Original: *Cinderella*

Autor: Charles Perrault
Adaptado por Shim Sang Woo
Ilustrado por Jeong Ji-Ye

Traducción: Ana María Cabanellas

ISBN: 978-987-1296-31-6

Copyright © Yeowon Media, 2006. Seoul, Korea
Copyright © Unaluna, 2007
Copyright © Editorial Heliasta SRL, 2007

Distribuidores exclusivos: Editorial Heliasta S.R.L.
Viamonte 1730 – 1er piso (C1055 ABH) Buenos Aires, Argentina
Tel.: (54-11) 4371-5546 – Fax: (54-11) 4375-1659
editorial@unaluna.com.ar // www.unaluna.com.ar

Queda hecho el depósito que establece la Ley 11.723.
Libro de edición argentina.

Impreso en Daesinmumhwasa. YoungRim Print Co., Corea,
en el mes de septiembre de 2007.

Charles Perrault

Cenicienta

Adaptado por Shim Sang Woo.
Ilustrado por Jeong Ji-Ye.

unaLuna

Hace mucho tiempo, nació una niña muy bonita.
Creció y se transformó en una joven de buen corazón
y muy bella.
Era muy feliz viviendo con su papá y su mamá.

Un día, su mamá se enfermó gravemente y falleció.
El papá estaba muy preocupado porque su hija
estaba muy sola.
Por eso se volvió a casar.

La madrastra trajo a vivir con ellos a sus dos hijas, que eran más grandes que la hijastra.
Sin embargo, las hermanastras y la madrastra eran malas y muy malhumoradas.
A la madrastra le molestaba que la joven fuera mucho más linda y de mejor corazón que sus hijas.

—Desde hoy, debes hacer el trabajo de la casa. ¡Tendrás
problemas si eres perezosa!

Cada vez que el padre estaba fuera de casa la madrastra
era mala con la joven.
Poco después, el padre también falleció.

Desde ese momento la madrastra la mandó a vivir
en el ático.
—Sal de aquí y prepara el desayuno.

—Esta ropa está sucia. Vete y lávala bien.

La madrastra y sus hijas hacían trabajar muchísimo a la niña.
La vestían con harapos y le hacían comer los restos de la comida.
Ella lloraba todo el día pensando en sus padres.

La joven trabajaba todo el día, limpiando y barriendo la casa.
Las tareas de la casa parecían no tener fin, así que cuando se cansaba,
se sentaba junto a la chimenea y tomaba un pequeño descanso.

—Mamá, deberíamos llamarla Cenicienta. ¡Esta toda cubierta de cenizas! —se burlaban de ella las hermanas.

Un día, a la casa de Cenicienta, llegó una invitación para el baile
que tendría lugar en el Palacio Real.
—Cenicienta, ¡quiero mi vestido rojo!
—Cenicienta, ¡ven a peinarme!

Las hermanastras estaban muy alborotadas eligiendo la ropa más linda
y los peinados más vistosos.
Por fin, la madrastra se fue al baile del Palacio llevando a sus dos hijas.
Cenicienta también quería ir al baile.

Cuando se quedó sola, se puso a llorar.
—Cenicienta, ¿quieres ir al baile?
Cuando levantó la cabeza vio un Hada Madrina
que le sonreía.

—Te ayudaré para que vayas al baile. Busca un
zapallo, dos ratones y una lagartija.

Cenicienta trajo dos ratones que estaban atrapados
en las jaulas caza–ratones, un zapallo y una lagartija
que encontró en el jardín.

El Hada Madrina dijo la palabra mágica "¡*ABRACADABRA!*".
Al tocarlo con su varita mágica, el zapallo se convirtió en una
carroza de oro.
Luego, tocó a los dos ratones y a la lagartija con su vara.
Entonces, los ratones se convirtieron en dos caballos blancos
y la lagartija en un espléndido cochero.

Luego tocó la ropa que se convirtió en un vestido hermoso,
brillante y con muchos cristales.

—Cenicienta, muéstrame tus pies.

El Hada Madrina, con un ligero movimiento de su varita,
le puso un par de zapatos brillantes en los pies.

—Ahora, estás lista para ir al baile del Palacio.

Cuando se estaba subiendo a la carroza dorada el Hada
Madrina le dijo:
—Cenicienta, todo volverá a ser como era cuando el reloj dé
las 12 de la medianoche. La carroza dorada volverá a ser
un zapallo, los caballos blancos volverán a ser ratones,
el cochero volverá a ser una lagartija, y tu vestido volverá
a ser el que tenías antes. Por eso debes regresar antes de
las 12 de medianoche. ¿Entendiste?
Cenicienta partió hacia el baile del Palacio, después de
prometerle al Hada Madrina que regresaría
a tiempo.

La carroza dorada llegó al Palacio con Cenicienta.
Cuando ella apareció en el baile todos los ojos se abrieron para admirarla.
—¡Nunca antes había visto a una dama tan hermosa! —decían.
El Príncipe también perdió su corazón al ver a la hermosa joven.

Desde ese momento, el Príncipe no miró a ninguna otra dama
del salón, solamente bailó con Cenicienta.
Todas las jóvenes la miraban con envidia, deseando estar
en su lugar.
Ni la madrastra ni las hermanastras la reconocieron.

Cenicienta disfrutó tanto el baile con el Príncipe
que no se dio cuenta del paso del tiempo.
Ella se sorprendió al escuchar que el reloj daba la primera
campanada anunciando la medianoche.
"¡Debo regresar! Antes de que se termine la magia", pensó.
Estaba tan apurada corriendo para salir del castillo que perdió
un zapato en el camino.
Siguió corriendo y no tuvo tiempo de recoger su zapato.

El Príncipe gritaba al tiempo que corría detrás de Cenicienta.
—Por favor, ¡espera! —se le escuchaba decir.
La joven corrió hasta llegar a su casa sin darse vuelta
para mirar atrás.
Rápidamente desaparecieron la carroza dorada, los caballos blancos
y el hermoso vestido. Solamente le quedó un zapato de cristal.

El Príncipe levantó el otro zapato de cristal que se le había perdido
a Cenicienta en la escalera.
Luego se lo llevó a su padre, el Rey, y se lo mostró.
—Padre, me casaré con la dama que sea la dueña de este zapato.
Así fue como los caballeros del Rey fueron enviados por todo
el país para que buscaran a la dueña del zapato de cristal.

Por fin, los caballeros llegaron a la casa de Cenicienta.
—Démelo. Es mi zapato.
—¡No! Hermanita, es mío —decían las hermanas.
Las dos se habían acercado tratando de probarse
el zapato.

—¿Mi pie está hinchado? ¿Por qué no me entra?
Las dos hermanastras trataron de apretar el pie adentro
y hasta intentaron que el zapato de cristal se estirara,
pero cualquiera se daba cuenta que era muy pequeño para ellas.
—¿Hay alguien más a quién probárselo? Como no le entra
a ninguna de ustedes... —preguntó uno de los
caballeros mientras mostraba el zapato.
—Solamente están mis dos hijas,
no hay nadie más acá —contestó la madrastra.
Entonces Cenicienta se acercó,
con mucha tranquilidad,
preguntando si se podía probar
el zapato.

La madrastra y las hijas gritaron sorprendidas.
—¡Esta joven es una criada! ¡No hay necesidad de probarle
el zapato!
—No, el Príncipe ha dado órdenes estrictas y debemos probarle
el zapato a todas las damas, hasta que encontremos a la dueña.

Cenicienta se probó el zapato que le había dado
el caballero.
—¡Oh, no! —las hermanastras y la madrastra
gritaron al tiempo sorprendidas.

La joven sacó el otro zapato de cristal de su bolsillo
y se lo puso.
—Entonces, la joven que vimos bailando con el Príncipe es…
Cenicienta asintió con su cabeza para responderle
a la madrastra.
Después los caballeros la llevaron al castillo.

Poco después, Cenicienta y el Príncipe se casaron y vivieron felices
en el castillo por mucho tiempo. Como los dos eran muy buenos,
cuidaron a la madrastra y a las hermanastras.

Cenicienta

Una historia feliz

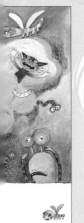

El autor **Shim Sang Woo** ha recibido numerosos premios por su labor como poeta, entre los que se destacan el *Contemporary Literature Award* en 1986 y el primer premio en *MBC Creative Story Writing*. Ha creado y editado libros para niños durante dieciséis años. Es autor de más de treinta y cinco obras, incluyendo cuentos como *I Love my Uncle*, *Underneath the Wooden Floor of Kyungbokgung Palace* y una obra científica, *Look and Sink*.

La ilustradora, **Jeong Ji-Ye** ha participado en exhibiciones de arte como artista invitada en importantes museos como el Centro Pompidou en París, Francia. Tuvo a su cargo los trabajos para el taller *National Picture Books for Children Workshop* y trabaja como ilustradora independiente. En este libro, *Cenicienta*, se usó el estilo collage con el fin de narrar la historia con ilustraciones alegres y brillantes.

Sobre el autor

Charles Perrault (1628-1703) fue un poeta y crítico francés. En la actualidad se lo considera el padre de la literatura infantil francesa. Cuando era joven le gustaba la poesía y escribió muchos poemas. Sin embargo su primer trabajo fue como abogado. Luego fue un funcionario en la oficina de impuestos y también trabajó como arquitecto en el palacio de Luis XIV. Cuando se convirtió en abuelo decidió recolectar los cuentos populares para sus nietos.

En 1697 publicó una antología, *Historias con valores morales*, *Cenicienta* era una de las historias. En la actualidad hay más de quinientas versiones de esta popular historia en Europa.

La historia es muy conocida también en Asia.

En Corea hay una historia similar, llamada *Kong Gi Pat Gi*.

Una guía para padres

El personaje principal, "Cenicienta", en el original en francés se conoce como "Cendrillon". La palabra, que significa "cubierta por ceniza", implica que es una persona que no tiene ningún valor, ni importancia. Sin embargo, a raíz de esta historia, la palabra "Cenicienta" tiene un significado mucho mejor. Significa, que una persona puede ser exitosa, de la noche a la mañana, resurgiendo de momentos menos felices.

Esta historia nos hace pensar sobre el significado de la belleza en las personas, y nos demuestra que la verdadera belleza proviene de nuestro interior y no de nuestro aspecto físico.

Tanto la madrastra como las hermanastras tratan mal a Cenicienta pero ella se sobrepone gracias a su buen corazón.

El Hada Madrina de esta historia es la figura de la madre. Su aparición significa que la madre verdadera, aunque no esté más en este mundo, cuida de ella, la acompaña mientras crece y la ayuda a ser una persona correcta y de buen corazón.

La historia desarrolla la imaginación de los pequeños por medio de la fantasía, como es la transformación del zapallo en carroza, los ratones en caballos y la lagartija en un cochero.

En Corea hay una historia similar llamada *Kong Gi Pat Gi*. Hay otras historias similares en otros países. Es interesante leer dos historias semejantes con los niños y compararlas, viendo las diferencias o semejanzas.

También se le puede pedir a los pequeños que cuenten ellos una historia parecida con otros personajes o con elementos contemporáneos.

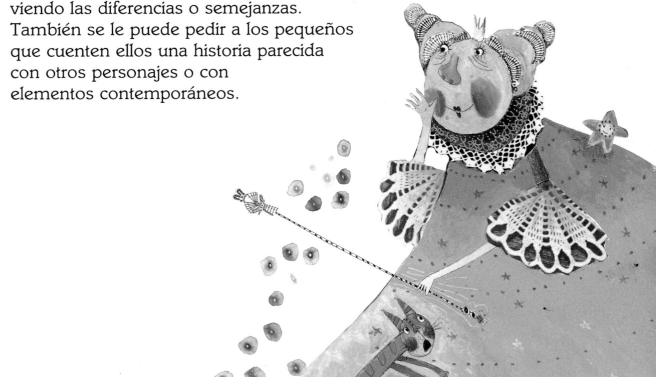

El especialista en literatura infantil LEE SANG BAE comenzó su trabajo creativo después de recibir el premio *Monthly Literature New Comers*. También ha sido galardonado con los siguientes premios: *Korean Literature Award*, *Korean Children's Story Award* y *Children's Literature Award*.

Cenicienta